¡HOLA!
¡GRACIAS!
¡ADIÓS!

EDITORIAL

Editorial Bambú es un sello
de Editorial Casals, SA

© 2013, del texto, Elisenda Roca
© 2013, de las ilustraciones,
Cristina Losantos
© 2013, Editorial Casals, SA
Casp, 79 – 08013 Barcelona
Tel.: 902 107 007
www.editorialbambu.com
www.bambulector.com

Diseño de la colección:
Estudi Miquel Puig

Primera edición: septiembre de 2013
ISBN: 978-84-8343-267-9
Depósito legal: B-16226-2013
Printed in Spain
Impreso en Índice, SL
Fluvià, 81-87. 08019 Barcelona

Estos dos amigos son Martín y Nora.
Cuando una no está, el otro la añora.
Comparten pupitre y juegos sin fin.
Adonde va Nora, detrás va Martín.

Les gusta pintar, leer y escribir,
también contar chistes y luego, reír.
¿Sabéis qué otra cosa tienen en común?
Que nunca saludan: no dicen ni mu.

Cuando Martín sale de casa temprano,
y su buen vecino le saluda ufano,
su papá comprueba, con gran desconcierto,
que no abre la boca y se va tan contento.

–¿Por qué no saludas? ¿No dices ni pío?
¡No sé qué caramba le pasa a este crío!
Da los buenos días, saluda al señor
–le dice su padre con mucho rubor.

Mucho más contenta que unas castañuelas,
Nora llega siempre puntual a la escuela.
Cuando su maestro la ve y le saluda,
no hace gesto alguno y se queda muda.

Su mamá parece un tanto disgustada.

–¿Qué te pasa, cielo, que no dices nada?

La niña, al momento, baja la mirada.

No se atreve a hablar, está avergonzada.

El maestro cuenta con tono de experto
que saludar siempre es todo un acierto.
Es un gesto amable, se aprende deprisa,
y a cambio recibes una gran sonrisa.

Suena la campana y ya se han olvidado
de lo que el maestro les ha aconsejado.
Se van sin chistar, ya no han saludado.
¡Vaya con los niños! Qué mal han quedado.

Van a por merienda a la panadería,
y al entrar no dicen esta boca es mía.
Aunque haya más gente, no piden la vez.
Y al irse se callan con cara de pez.

Sentado a la mesa, antes de cenar,
Martín no se inmuta, prefiere callar.
–Hijo, buen provecho –insiste mamá.
Pero él sigue mudo, silencioso está.

¿Y qué dice Nora antes de dormirse?
Habéis acertado: nunca dice nada.
Pero sus papás no piensan rendirse:
–Buenas noches, cielo. –Mas ella, callada.

Su boca cerrada es como una barrera.
Parece que tenga una gran cremallera.
Esa manía suya de no soltar prenda
da a los mayores una rabia tremenda.

Muy pronto Martín oye, preocupado:
−¿Has visto qué niño tan maleducado?
Y a su lado, Nora empieza a temer
que algo muy extraño les va a suceder.

Y esa misma tarde, jugando, jugando,
notan que sus cuerpos están cambiando.
Pálidos están, pierden el color.
Verse en blanco y negro les causa terror.

¿Veis lo que le está pasando?
Sí, Martín se está borrando.
«Esto no me gusta nada»,
piensa Nora, asustada.

Al mirarse en un espejo
le da miedo su reflejo.
Toda ella está borrosa.
¡Qué cosa más espantosa!

«¿Por qué nadie dice nada?»,
se pregunta, acongojada.
Y la respuesta es terrible:
¡También ella es invisible!

Todo el mundo les ignora.
No ven ni a Martín ni a Nora.
Transparentes como fantasmas,
espíritus o ectoplasmas.
Parece que nadie les ve
aunque piten como un tren
o se suban a una silla.
¡Esto es una pesadilla!

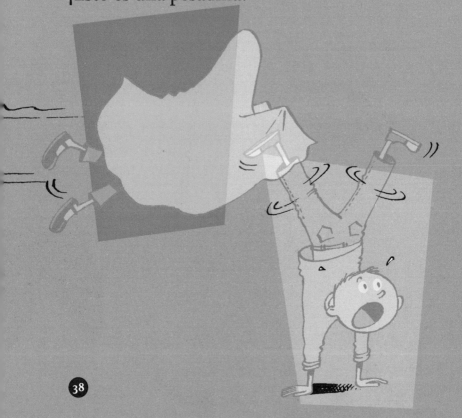

–Esto no tiene sentido
–le dice Nora a su amigo–.
Deberíamos cambiar
y empezar a saludar.

Martín prueba a ver qué pasa
cuando sale de su casa.
Un saludo y, de repente,
deja de ser transparente.
Ahora es el turno de Nora.
Sonríe y dice: –¡Buenos días!
Todos la ven. ¡Ya era hora!
¡Esto es magia! ¡Qué alegría!

Ha llegado ya el momento
de que te apliques el cuento.
No te debes despistar.
¡Empieza ya a saludar!

Por la mañana al pasar,
los buenos días hay que dar.
Y si es después de comer,
buenas tardes deben ser.
Cuando a la cama hay que ir:
«¡Buenas noches!» y ¡a dormir!
«¡Hola!» nunca está de más;
dilo siempre y triunfarás.
Si oyes un estornudo, decir «¡jesús!» es lo suyo.

Cuando un regalo te den,
da las gracias, queda bien.
Y aquí termina este juego.
Así que ¡adiós! o ¡hasta luego!